U0143509

紹興魯迅撰　平湖周振甫注

魯迅詩歌注

中華書局

魯迅詩歌注卷五

紹興魯　迅　撰　平湖周振甫　注

夢（一）

很多的夢，趁黄昏起鬨。
前夢才擠卻大前夢時，後夢又趕走了前夢。
去的前夢黑如墨；在的後夢墨一般黑；
去的在的仿佛都説，「看我真好顔色」。
顔色許好，暗裏不知；
而且不知道，説話的是誰？

暗裏不知，身熱頭痛。
你來你來！明白的夢。

（一）繫年：本篇最初發表於一九一八年五月《新青年》第四卷第五號，署名唐俟。《魯迅詩稿》第二行無「時」字，或是魯迅重寫時刪去。

這首詩是在一九一八年五月寫的，《狂人日記》是在這年四月寫的。魯迅在《吶喊·自序》裏寫錢玄同來邀他寫小説，下面是兩人的對話：

「假如一間鐵屋子，是絶無窗户而萬難破毁的，裏面有許多熟睡的人們，不久都要悶死了，然而是從昏睡入死滅，並不感到就死的悲哀。現在你大嚷起來，

魯迅詩歌注卷五

紹興魯　迅　著　平湖周振甫　注

夢〔一〕

很多的夢，趁黃昏起鬨。

前夢才擠卻大前夢時，後夢又趕走了前夢。

去的前夢黑如墨；在的後夢墨一般黑；

去的在的彷彿都說，「看我真好顏色」。

顏色許好，暗裏不知；

而且不知道，說話的是誰？

暗裏不知，身熱頭痛。

你來你來！明白的夢。

〔一〕繫年：本篇最初發表於一九一八年五月《新青年》四卷五號，署名唐俟。《魯迅詩稿》較上行無「一年」字，或是魯迅重寫時刪去。

這首詩是在一九一八年五月寫的。《狂人日記》是在這年四月寫的。魯迅在《吶喊・自序》裏寫錢玄同來約他寫小說，下面是兩人的對話：

「假如一間鐵屋子，是絕無窗戶而萬難破毀的，裏面有許多熟睡的人們，不久都要悶死了，然而是從昏睡入死滅，並不感到就死的悲哀。現在你大嚷起來，

驚起了較爲清醒的幾個人，使這不幸的少數者來受無可挽救的臨終的苦楚，你倒以爲對得起他們麽？」

「然而幾個人既然起來，你不能説決没有毁壞這鐵屋的希望。」

「是的，我雖然自有我的確信，然而説到希望，卻是不能抹殺的，因爲希望是在於將來，決不能以我之必無的證明，來折服了他之所謂可有，於是我終於答應他也做文章了，這便是最初的一篇《狂人日記》。」

在那樣的鐵屋子裏，人們從昏睡入死滅，被先覺者的大嚷驚醒了的人，自然要感到「身熱頭痛」的苦楚了。既然驚

醒了以後，就有毁壞鐵屋子的希望，這希望是屬於將來的。「你來你來！明白的夢。」指的正是將來，跟去的前夢、在的後夢都不同。前夢後夢都在黑暗中，「暗裏不知」，是糊塗的；將來的夢，毁壞了鐵屋子，不再在黑暗中，所以是明白的。「你來你來！」非常迫切地盼望能够打破鐵屋子，使人們都從黑暗中明白過來。

對這首詩，有一種解釋，説：「最初的一首《夢》，是對於當時那些蠅營狗苟、擾攘不休的軍閥、官僚、政客的狠狠斥責：前夢後夢，互趕互擠，不斷『起鬨』；都是『墨一般黑』，還要自詡『好顔色』，使人厭煩，『頭痛』。詩的

末句，熱烈地向美好的將來招手，召喚著：『來吧來吧！明白的夢。』很有力量。」一九七八年二期《文史哲》：《魯迅詩歌雜談》。這是一種解釋。這個解釋還有個問題，作者說：「顏色許好，暗裏不知；而且不知道，說話的是誰？」倘說是斥責軍閥、官僚、政客，那麽都是醜惡之極，作者怎麽說，顏色也許是好的呢？軍閥、官僚、政客之惡，作者看得很清楚，怎麽說「暗裏不知」呢？軍閥、官僚、政客自吹好顏色，作者看得也很清楚，怎麽說「不知道說話的是誰」呢？「身熱頭痛」又怎麽解釋呢？

魯迅在《墳·文化偏至論》裏說：「顧新者雖作，舊亦未僵，方遍滿歐洲，冥通其地人民之呼吸，餘力流衍，乃擾遠東，使中國之人，由舊夢而入於新夢，衝決囂叫，狀猶狂酲。夫方賤古尊新，而所得既非新，又至偏而至僞，且復横決，浩乎難收，則一國之悲哀亦大矣。」這是說，中國原來是有舊夢的，西方的新思想衝擊中國，又入於新夢，而這種新夢，不是真新，又至偏而至僞，所以説都是墨黑。不論這種舊夢或新夢，都自吹是好顏色。尤其是外來的新思想，當它初傳來時，顏色也許是好的，我們還在暗裏分不清楚。而且對於各種外來思想，開始傳來時，還弄不清楚是哪一家一派的，所以説「不知道説話的是誰」。作者又説：「成

末句，熱烈地向美好的將來追求，故作結：「你來你來！明白的夢。」『很有力量。』（許《魯迅詩歌雜談》，五八年十二期《文史哲》）一種解釋。這個解釋論有個問題，有者說：「顏色許好，暗裏不知；而且不知道，說話的是誰？」指的是軍閥、官僚、政客，那些都是醜惡之極，作者卻來說「顏色許好」，是好的呢？軍閥、官僚、政客各成一派，有的說這個好，有的說「暗裏不知」呢？軍閥、官僚、政客自以爲好顏色，各有其爭也說清楚。有的來說「不知道說話的是誰」呢。「身熱頭痛」又無從選擇的。

魯迅在《墳·文化偏至論》裏說：「顧於新舊兩者，靈亦未遍，方遍滿歐洲，冥通其地人民之平安，藝力流行，以讓漸東，使中國之人，由舊夢而入於新夢，衝決囂叫，狀猶狂酲。夫方賤古尊新，而所得既非新，又至偏而至偏，且復橫決，浩乎難收，則一國之悲哀亦大矣。」這是說，中國原來是有舊夢的。西方的新思想衝擊中國，又入於新夢，而這種新夢，不是真新，又至偏而至偏。所以說都是黑暗的。不論這種舊夢或新夢，都自以爲好顏色。在其是外來的新思想，當初剛傳來時，顯出它是好的。我們還在暗裏分不清楚。而且對於各種外來思想，開始傳來時，還弄不清楚是哪一家一派的。所以說「不知道說話的是誰」。他又說：「故

然以覺，出客觀夢幻之世界，而主觀與自覺之生活，將由是而益張歟？」這就是「你來你來！明白的夢」。對於西方的各種思想衝擊中國，很多人當時確實分不清楚是好是壞。一直到十月革命一聲炮響，傳入了馬克思列寧主義，在偉大的中國共産黨領導下，人們才有了正確的認識。

愛之神〔一〕

一個小娃子，展開翅子在空中，
一手搭箭，一手張弓，
不知怎麼一下，一箭射著前胸。
「小娃子先生，謝你胡亂栽培！
但得告訴我：我應該愛誰？」
娃子著慌，摇頭説，「唉！
你是還有心胸的人，竟也説這宗話。
你應該愛誰，我怎麼知道。
總之我的箭是放過了！
你要是愛誰，便没命的去愛他；
你要是誰也不愛，也可以没命的去自己死掉。」

〔一〕繫年：本篇最初發表於一九一八年五月《新青年》第四卷第五號，署名唐俟。「愛之神」，可參見《自題小像》注〔二〕。

魯迅在《熱風·隨感録·四十》裏，談到當時的人對

然又觉，出路[illegible]个人[illegible]，[illegible]个人生活，[illegible]
而[illegible]：「这究竟是[illegible]」。对于西方
的各种思想冲击中国，很多人当时确实分不清楚是好是
坏。一直到十月革命一声炮响，给人们送来了马克思列宁主义。
在伟大的中国共产党领导下，人们才有了正确的认识。

爱之神〔一〕

一个小娃子，展开翅子在空中，
一手搭箭，一手张弓，
不知怎么一下，一箭射着前胸。
「小娃子先生，谢你胡乱栽培！

但得告诉我：我应该爱谁？」
娃子着慌，摇头说，「唉！
你是还有心胸的人，竟也说这宗话。
你应该爱谁，我怎么知道。
总之我的箭是放过了！
你要是爱谁，便没命的去爱他；
你要是谁也不爱，也可以没命的去自己死掉。」

〔一〕爱之神：本篇最初发表于一九一八年五月《新青年》第四卷第五号，署名唐俟。「爱之神」，可参见《自题小像》注〔二〕。

鲁迅在《热风·随感录·四十》里，谈到当时的人讲

愛情的覺醒。有個少年，寫了一首《愛情》的詩寄給他，大意説，他的婚姻，全憑别人主張，别人撮合，因此他不知道什麽叫愛情。魯迅説：

可是東方發白，人類向各民族所要的是「人」，——自然也是「人之子」——我們所有的是單是人之子，是兒媳婦與兒媳之夫，不能獻出於人類之前。

可是魔鬼手上，終有漏光的處所，掩不住光明：人之子醒了；他知道了人類間應有愛情；……於是起了苦悶，張口發出這叫聲。

但在女性一方面，本來也没有罪，現在是做了舊習慣的犧牲。我們既然自覺著人類的道德，良心上不肯犯他們少的老的的罪，又不能責備異性，也只好陪著做一世犧牲，完結了四千年的舊賬。

這首詩裏寫被愛之神的箭射中，正是魔鬼手上漏光，封建禮教再束縛不住當時的青年人，青年人覺醒了，有了愛情的要求。只是當時的青年長期受著封建禮教的毒害，他們雖然醒了，但他們還不懂得愛情。「但得告訴我：我應該愛誰？」這樣向愛之神請教，正反映出當時青年在愛情上的苦悶。

愛之神說，「你要是愛誰，便沒命的去愛他」，這是衝破封建禮教的叛逆的呼聲。又說：「你要是誰也不愛，也可以沒命的去自己死掉。」這就是「我們既然自覺著人類的道德」，「只好陪著做一世犧牲」。這裏，詩人一方面唱出了反禮教的叛逆之音，一方面揭露禮教的罪惡，父母之命，媒妁之言的婚姻，斷送了雙方的幸福，女方做了無辜的犧牲，男方也陪著犧牲，這就是禮教吃人的又一表現。

這首詩在用典上有它的特點。愛之神是用希臘、羅馬中小愛神的典故。照這個典故的原意，小愛神的金箭頭的箭，射中男女雙方的心裏，兩人就會發生熱戀。魯迅運用

這個典故，卻變成只射中男方的心，男的有了愛情的要求，卻找不到愛的對象，不知道愛誰。這是原來的神話中所沒有的。這樣改一下，才適應魯迅要表達的深刻的含義，才適應當時中國的情況，才適應用來暴露封建禮教的罪惡。這樣用典，才是活用典故，使典故爲我所用，我不受典故的束縛。這就給小愛神這個典故賦予新意，是化舊爲新的一種創造。

桃花㈡

春雨過了，太陽又很好，隨便走到園中。
桃花開在園西，李花開在園東。

[illegible]說：「[illegible]愛情，更沒有命的古老的衝

[illegible]。又說：「[illegible]誰也不愛，也

可以沒有古老的愛情。」「這就是「我們既然自覺著人類的道德，「只好陪著做一世犧牲」。這裏，詩人[illegible]

出[illegible]一大方面[illegible]的痛苦，父母之命，[illegible]

[illegible]，女方[illegible]

[illegible]這就是[illegible]的又一表現。

「愛神」在用典上有它的特點。愛神是希臘、羅馬

中小愛神的典故。照這個典故的原意，小愛神的金箭頭的

箭，射中男女雙方的心裏，兩人就會發生熱戀。魯迅運用

魯迅詩歌注　卷五

這個典故，卻變成只射中男方的心，男的有了愛情的要求，

卻找不到愛的對象，不知道愛誰。這是原來的神話中所沒有的。這樣改了一下，才適應魯迅要表達的深刻的含義，才

適應當時中國的情況，才適應用來暴露封建禮教的罪惡。

這樣用典，才是活用典故，使典故為我所用，我不受典故的

束縛。這就給小說中這個典故賦予新意，是化舊為新的一

種創造。

[illegible]

春雨過了，太陽又發熱，蝶便走到園中。

老花開在園西，今花開在園東。

我說，「好極了！桃花紅，李花白。」

（沒說，桃花不及李花白。）

桃花可是生了氣，滿面漲作「楊妃紅」〔二〕。

好小子！真了得！竟能氣紅了面孔。

我的話可並沒得罪你，你怎的便漲紅了面孔！

唉！花有花道理。我不懂。

〔一〕繫年：本篇最初發表於一九一八年五月《新青年》第四卷第五號，署名唐俟。

〔二〕楊妃紅：《開元天寶遺事·紅汗》：「貴妃……每有汗出，紅膩而多香，或拭之於帕之上，其色如桃紅也。」楊妃紅疑即指此。

魯迅在這首詩裏指出了一種現象：他說出了真實的

情況，「桃花紅，李花白」；並且加以讚美，「好極了！」就是這樣，還會使桃花氣紅了面孔。桃花聽了「我」的稱讚「好極了」，爲什麼要生氣呢？因爲桃花不願同李花並列，它自以爲高過李花。「我」把它同李花並列起來，它覺得把它貶低了，所以生氣。但在旁人看來，桃李是並列的，並無高下，桃花自以爲高出李花，這種自高自大，是錯誤的。這首詩，正是對這種妄自尊大的個人主義者的批評。

這首詩，在藝術手法上值得注意。它只是叙述經過，說明桃花生了氣，沒有說明桃花爲什麼生氣。

結尾說：「花有花道理。我不懂。」沒有點明正意，讓

讀者自己去想，這種寫法含蓄有味。

他們的花園[一]

小娃子，卷螺髮，
銀黃面龐上還有微紅，——看他意思是正要活；
走出破大門，望見鄰家：
他們大花園裏，有許多好花。
用盡小心機，得了一朵百合[二]；
又白又光明，象才下的雪。
好生拿了回家，映著面龐，分外添出血色。
蒼蠅繞花飛鳴，亂在一屋子裏——

「偏愛這不乾浄花，是糊塗孩子！」
忙看百合花，卻已有幾點蠅矢。
看不得；捨不得。
瞪眼望天空，他更無話可說。
說不出話，想起鄰家：
他們大花園裏，有許多好花。

〔一〕本篇最初發表於一九一八年七月《新青年》第五卷第一號，署名唐俟。《魯迅詩稿》「添」作「映」。

〔二〕百合：據傳說，百合花是夏娃被逐出樂園後，從她流下的懊悔的眼淚裏生長出來的。因此，在基督教的繪畫中，百合花作爲純潔無罪和潔白的象徵。

這首詩裏的小娃子是銀黃面龐，當指黃種人，指我國

的青年。面龐上還有微紅，當時的青年雖在黑暗的封建社會中生活，還是有生命力，還是要活下去，不願在封建的鐵屋子中窒息死去。他們到西方去找尋新文化，這就是到鄰家的大花園裏得了一朵百合。百合又白又有光澤，象徵新文化的純潔和光明。百合拿回家來就沾上蠅矢，真象從西方找來的新文化，一傳到中國，就給封建毒素玷污了，變了質。這使愛國的青年不得不想望西方。

這個意思，魯迅在《墳·摩羅詩力説》裏更有明白的説明。他指出當時中國的維新，説道：「加以舊染既深，輒以習慣之目光，觀察一切，凡所然否，謬解爲多，此所爲

呼維新既二十年，而新聲迄不起於中國也。」維新，這裏是指向西方尋找新文化，想用來改變中國封建的那一套，這正是向鄰家去要一朵又白又光明的百合花的意思。舊染既深，每每用舊眼光來觀察一切，就是蒼蠅繞花飛鳴，給百合花拉上蠅矢，把它玷污的説法。所以當時的中國還是安於封建的那一套，新聲不能起來。

《熱風·隨感録·四十三》裏，對這點更有明白的説明。那篇裏説：「可憐外國事物，一到中國，便如落在黑色染缸裏似的，無不失了顏色。」這更是百合花被玷污的説明。

詩人在這裏深刻地指斥封建勢力破壞新思想的罪惡。封建勢力把西方來的新思想玷污了，再反過來訓斥信奉新思想的人，說新思想有這樣那樣的不好，你怎麽還相信它呢？這就是「偏愛這不乾浄花，是糊塗孩子」的說法。封建統治者就是這樣的卑鄙無耻的。

少年「無話可說」，「說不出話，想起鄰家」，這點意思詩人在《摩羅詩力說》裏作了更詳細的說明：「俄文人凱羅連珂(V.Korolenko)作《末光》一書(凱羅連珂通譯作柯洛連科。《末光》，韋素園譯本作《最後的光芒》)，有記老人教童子讀書于鮮卑(西伯利亞)者，曰，書中述櫻花黄鳥，而鮮卑沍寒，不有此也。翁則解之曰，此鳥即止於櫻木，引吭爲好音者耳。少年乃沉思。然夫，少年處蕭條之中，即不誠聞其好音，亦當得先覺之詮解；而先覺之聲，乃又不來破中國之蕭條也。然則吾人，其亦沉思而已夫，其亦惟沉思而已夫！」新聲不能起來，舊染玷污了百合花，這正說明當時中國的蕭條。當時的封建中國不可能保持純潔的百合花，正好比鮮卑的没有櫻花黄鳥，所以鮮卑少年乃沉思，在想望櫻花黄鳥。那末在當時蕭條的中國裏，少年也只有沉思，只有想望鄰家的大花園裏有許多好花了。

人與時(一)

一人說，將來勝過現在。

一人說，現在遠不及從前。

一人說，什麼？

時道，你們都侮辱我的現在。

從前好的，自己回去。

將來好的，跟我前去。

這說什麼的，

我不和你說什麼。

(一)繫年：本篇最初發表於一九一八年七月《新青年》第五卷第一號，署名唐俟。

這首詩裏講了三種人：(一)認爲「將來勝過現在」，於是只想望美好的將來，而忘了改進現在，那末美好的將來也會落空。(二)認爲「現在遠不及從前」，那是復古主義者，是開倒車，向後看，自然不會抓住現在努力改進。(三)反對前兩種，即認爲現在最好，那自然不需要有一些改進，放棄了改進現在的要求。這三種人都不會抓住現在努力改進，所以「都侮辱我的現在」。

對於(二)，魯迅在《熱風・隨感録・五十七・現在的屠殺者》裏說：「做了人類想成仙；生在地上要上天；明明是現代人，吸著現在的空氣，卻偏要勒派朽腐的名教，僵

死的語言，侮蔑盡現在，這都是『現在的屠殺者』。殺了『現在』，也便殺了『將來』。——將來是子孫的時代。」這就是指斥那些説「現在遠不及從前」的，都是「現在的屠殺者」。「從前好的，自己回去」，這正是對「現在的屠殺者」的有力回擊。

對於（三），以當時黑暗的現在爲滿足，那已是無話可説，所以不再和他説什麽了。

對於（一），只要他能抓住現在，努力改進，能争取美好的將來就行，所以要他「跟我前去」，不要只是空想而不動。魯迅在《野草·過客》裏寫的那個過客，就是抓住現

在不放鬆，努力前進的人。他一直向西方走去，老翁看他走得非常勞累，勸他還不如回轉去。客人説：「那不行！我只得走。回到那裏去，就没一處没有名目，没一處没有地主，没一處没有驅逐和牢籠，没一處没有皮面的笑容，没一處没有眶外的眼淚。我憎惡他們，我不回轉去！」魯迅在當時的所謂現在，正是反動統治的時代，所以到處有地主，有驅逐和牢籠，有虚僞，有假同情，設立種種名目來限制人。那位追求光明的過客，不願停留在那樣的現在裏，要不停地向前走，去追求未來的光明。這就是抓住現在努力前進的人。

他〔一〕

一

「知了」不要叫了，
他在房中睡著；
「知了」叫了，刻刻心頭記著。
太陽去了，「知了」住了，——還没有見他，
待打門叫他，——銹鐵鏈子繫著。

二

秋風起了，
快吹開那家窗幕。

開了窗幕，會望見他的雙靨。
窗幕開了，——一望全是粉牆，
白吹下許多枯葉。

三

大雪下了，掃出路尋他；
這路連到山上，山上都是松柏，
他是花一般，這裏如何住得！
不如回去尋他，——阿！回來還是我家。

〔一〕繫年：本篇最初發表於一九一九年四月《新青年》第六卷第四號，署名唐俟。

這首詩裏寫了「他」，還寫了「我家」，即寫了「我」。

這個「我」是追求「他」的人。

這首詩分三節。第一節寫「他」，「他在房中睡著」，「待打門叫他，——銹鐵鏈子繫著」。説明「他」是在房裏，不過「睡著」未醒，又被鐵鏈鎖住，鐵鏈銹了，説明被鎖住得很久了。這個「他」可能指新思想，新思想傳入中國，被封建禮教所禁錮，所以説被鐵鏈鎖住，鐵鏈當指封建禮教。鎖住得很久，所以鐵鏈銹了。新思想長期受到禁錮，所以只好睡著，不能起來活動。新思想受到新青年的懷念，所以「刻刻心頭記著」。

第二節，寫這個新思想被放逐。第一節裏還有「他」，

第二節「他」不見了，「一望全是粉牆」，這是對「他」的進一步迫害。

第三節，暗示「他」被埋葬，山上松柏是墓地。「他是花一般，這裏如何住得！」説明墓地不是「他」的住處，也説明他被埋葬得不留痕跡。從禁錮到放逐到埋葬，説明封建禮教對新思想的封鎖、排斥以至消滅的罪惡。但新思想既受到新青年的愛護追求，那是封鎖、排斥、消滅不了的。

在《他們的花園》這首詩的解説裏，我們引了《摩羅詩力説》裏的話，指出當時的國人用舊眼光看新事物，所以維新了二十年，新聲始終不能起來。在《熱風·隨感

錄・三十九》裏，魯迅指出「理想價值的跌落」。他認爲「民國元年前後」，「一方面卻有舊官僚的攘奪政權，以及遺老受冷不過，預備下山，都痛恨這一類理想派」，他們「竟想出了一種兵器」，「這利器的大名，便叫『經驗』。」這個「經驗」也就是舊眼光。「理想」「一轉眼便遭了嘲罵；又一轉眼，便連他的影子，也同拳民時代的教民一般，竟犯了與衆共棄的大罪了。」

這首詩裏的「他」，可能就是指「維新」所追求的新理想新思想。新思想給舊經驗的銹鐵鏈鎖住，所以新聲始終不能起來。不但起不來，還「犯了與衆共棄的大罪」，給舊經驗所排斥，所以「一望全是粉牆」，找不到「他」了。

我對「他」的熱愛和追尋，可能是表示出當時的青年對真理的熱愛和追求。可是當時的反動統治，是竭力排斥真理的。在這裏，表現出魯迅熱愛真理的精神，也暴露出反動統治的罪惡。

對這首詩，有一種解釋說：「只有最末一首《他》，抒情意味比較濃重，詩中描寫著那種從夏到秋、自秋徂冬尋來尋去尋不到『他』的光景，反映了當時某些沉溺在癡想中的青年，因追求縹緲虛幻的理想而遭到幻滅的苦悶情緒，在淡淡的哀傷中，隱寓著應該回到清醒的現實來的規

箴。」一九七八年二期《文史哲》：《魯迅詩歌雜談》。

這裏提出了一種新的解釋，指出「他」是「縹緲虛幻的理想」，「我」是「沉溺在凝想中的青年」。結合這首詩來看，「他在房中睡著」是真的有個「他」呢，還是「沉溺在凝想中的青年」的幻想，根本没有「他」呢？倘作爲「縹緲虛幻的理想」，應該是根本没有「他」，説「他在房中睡著」只是幻想才講得通。倘根本没有「他」，又怎麽説「銹鐵鏈子繫著」呢？鐵鏈子只能繫著具體的「他」，不能繫著「縹緲虛幻的理想」。

「他是花一般」，「回來還是我家」，這就使人想起《他們的花園》中的「得了一朵百合」，「走出破大門」。在「他是花一般」裏不含有貶義，在「還是我家」裏用「還是」含有還是老樣子的不滿感情。從這裏也看不出對「他」的貶斥，反而給人以對「他」的讚美之感。所以還不能接受這個新的解釋。

而已集題辭（二）

這半年我又看見了許多血和許多淚，

然而我只有雜感而已。

淚揩了，血消了；

屠伯們逍遙復逍遙[二]，
用鋼刀的，用軟刀的[三]。
然而我只有「雜感」而已。

連「雜感」也被「放進了應該去的地方」時[四]，
我於是只有「而已」而已！

以上的八句話，是在一九二六年十月十四夜裏，編完那年那時爲止的雜感集後，寫在末尾的，現在便取來作爲一九二七年的雜感集的題辭。　一九二八年十月三十日，魯迅校訖記。

等等。北京各界人民於三月十八日在天安門前集會，抗議日本帝國主義侵犯中國主權。會後到段祺瑞執政府前請願。段祺瑞命令衛隊開槍射擊，並用大刀鐵棍追打砍殺，死了四十七人，受傷的一百五十多人。魯迅對於段政府的屠殺徒手人民，表示極大憤慨，這就是指的用鋼刀的屠伯。慘案發生後，陳西瀅在《現代評論》第三卷六十八期上發表《閒話》，説請願群衆盲目地被人引入死地，把殺人責任推在「民衆領袖」身上，説他們「犯了故意引人去死地的嫌疑」。這就是用軟刀的屠伯。這些屠伯逍遥法外，魯迅看到被屠殺者的血，憤怒地寫了《無花的薔薇之二》、《「死地」》、《可慘與可笑》、《紀念劉和珍君》等雜感，猛烈地抨擊這些屠伯，對死難者表達深切的哀悼，所以説「只有『雜感』而已」，感歎自己只能寫寫文章。但魯迅的雜感實際上是有力的武器，用來聲討屠伯的罪行，那些拿軟刀的就極力污蔑魯迅的雜感。最後兩句正是針對這種污蔑所表示的憤慨。

好東西歌[一]

南邊整天開大會[二]，北邊忽地起烽煙[三]。北人逃難南人嚷，請願打電鬧連天。還有你駡我來我駡你，説得自己蜜樣甜。文的笑道岳飛假，武的卻云秦檜奸。相駡聲中失土地，相駡聲

中捐銅錢。失了土地捐過錢，喊聲罵聲也寂然。文的牙齒痛，武的上温泉。後來知道誰也不是岳飛或秦檜，聲明誤解釋前嫌。大家都是好東西，終於聚首一堂來吸雪茄菸。

〔一〕繫年：本篇最初發表於一九三一年十二月十一日《十字街頭》半月刊第一期，署名阿二。

〔二〕南邊整天開大會：九·一八事變後，國民黨南京政府蔣介石派和兩廣反蔣派之間爲了國難深重，十月，在上海召開和平預備會；十一月，雙方分別在南京、廣州舉行國民黨第四次全國代表大會；十二月，在南京召開國民黨四屆一中全會。

〔三〕北邊忽地起烽煙：日本帝國主義於十一月二十二日進攻錦州。烽煙，古時邊境上報警所點的烟火。

這首詩可以和《無題二首》「大江日夜向東流」的説明

結合起來看，那裏講到蔣介石和胡漢民因爭奪權力鬧翻，蔣把胡扣留，引起反蔣派在廣州另組反蔣的國民政府。接著爆發九·一八事變，一九三一年九月十八日日本帝國主義趁著國民黨反動派在全力進攻革命根據地，駐紮在東北的日本帝國主義的關東軍司令本莊繁下令進攻東北軍，佔領瀋陽。蔣介石命令東北軍「不許衝突」，「絕對抱不抵抗主義」。日本帝國主義便很快侵佔東北各地。跟著，各地學生紛紛赴南京請願。蔣介石在南京中央軍官學校對請願學生表示：他願意做岳飛，只是後方有秦檜。他把兩廣派比做秦檜，用來掩飾他的罪惡的投降路線。這時，南京

方面由吳鐵城、張繼致電廣州政府，要求議和。廣州以釋放胡漢民爲議和條件。胡釋放後，十月裏，雙方舉行上海和會，商定南京、廣州同時舉行國民黨第四次全國代表大會，選出同數中委，作爲雙方合作基礎。十二月，雙方代表在南京召開四届一中全會，會上各有争吵。蔣介石這一派罵反蔣派是秦檜，反蔣派笑蔣介石自比岳飛是騙人的假話。正在兩派相罵的十一月裏，日本帝國主義進攻錦州。反動派一面在内部争吵，一面向人民騙取救國捐。等到國難形勢越發嚴重，兩派還在争權奪利，由於分贓不均，有的託病，有的上湯山温泉休養。最後雙方權利得到妥協，又聚首一堂表示合作。這首詩，刻劃反動派不顧國難嚴重，爲了分贓不均而互相争吵的醜態。

公民科歌(一)

何鍵將軍捏刀管教育(二)，說道學校裏邊應該添什麽。首先叫作「公民科」，不知這科教的是什麽。但願諸公勿性急，讓我來編教科書。做個公民實在弗容易，大家切莫耶耶乎(三)。第一着，要能受，蠻如豬玀力如牛。殺了能吃活就做，瘟死還好熬熬油。第二着，先要磕頭，先拜何大人，後拜孔阿丘(四)，拜得不好就砍頭，砍頭之際莫討命，要命便是反革命，大人有刀你有頭，這點天職應該盡。第三着，莫講愛，自由結婚放洋屁，

方面由吳鐵城、張繼致電廣州政府，要求議和。廣州以釋放胡漢民爲議和條件。胡釋放後，十月下旬，雙方代表在上和會。商定南京、廣州同時舉行國民黨第四次全國代表大會，議出同數中委，作爲雙方合作基礎。十二月，雙方代表在南京召開四屆一中全會，會上各有爭吵。蔣介石這一派罵反蔣派是奏會，反蔣派笑蔣介石自己下台是騙人的假話。正在兩派相罵的十一月裏，日本帝國主義進攻錦州。反動派一面在內部爭吵，一面向人民騙取救國捐。等到國難形勢越發嚴重，兩派還在爭權奪利，由於分贓不均，有時[illegible][illegible]，有的上湯山溫泉休養。最後雙方權利得到妥協，又

聚首一堂表示合作。這首詩，刻畫反動派不顧國難嚴重爲了分贓不均而互相爭吵的醜態。

公民科歌[一]

何鍵將軍捏刀管教育[二]，說道學校裏邊應該添什麼。首先叫做「公民科」，不知這科是什麼。但願諸公勿性急，讓我來編教科書。做個公民實在弗容易，大家切莫耶耶乎乎[三]。第一着，要服從，蠻如豬羅力如牛，殺了能吃活就做，瘟死還好熬熬油。第二着，先要磕頭，先拜何大人，後拜孔阿丘[四]，拜得不好就砍頭，砍頭之際莫討命，要命便是反革命，大人有刀你有頭，這點天職應該守。第三着，莫講愛，自由結婚放洋屁，

（三）耶耶乎：上海方言，即馬馬虎虎。

（四）孔阿丘：即孔丘。

（五）阿拉：寧波方言，我。

這首歌，抨擊反動軍閥何鍵實施奴化教育的罪惡。捏刀管教育，説他用武力來施行奴化教育，揭露他推行奴化教育的意圖：首先要把人訓練成爲没有腦筋（如豬玀），但能替他們作牛馬的奴隸；其次，培養盲目崇拜的奴隸性格；第三，提倡封建買賣婚姻。末了，點明這種奴化教育的反動性。這首詩，不僅僅抨擊何鍵個人，還概括整個國民黨反動派的奴化教育在内。當時蔣介石竭力提倡反動

最好是做第十第廿姨太太，如果爹娘要錢化，幾百幾千可以
賣，正了風化又賺錢，這樣好事還有嗎？第四著，要聽話，大
人怎說你怎做。公民義務多得很，只有大人自己心裏懂。但
願諸公切勿死守此教科書，免得大人一不高興便說阿拉是
反動[五]。

[一]繫年：本篇最初發表於一九三一年十二月十一日《十字街頭》半月刊第一期，署名阿二。 公民科：九·一八事變後，國民黨反動軍閥何鍵，向國民黨第四次全國代表大會，提出了在高小和初中課程裏設公民科，用來抵制「唯物史觀普羅文學」；在公民科教材裏「採用中國固有道德」，進行所謂「忠孝仁愛信義和平等實施訓練」，實際上是要進一步實施封建奴化教育。

[二]何鍵：字芸樵，湖南醴陵人。保定軍官學校畢業。當時任湖南省政府主席。

[三]耶耶乎：上海方言，即馬馬虎虎。

[四]孔阿丘：即孔丘。

[五]阿拉：寧波方言，我們。

這首歌，抨擊了反動軍閥何鍵實施奴化教育的罪惡。指
了何鍵辦教育，說他使用武力來施行奴化教育，說他推行奴化
教育的意圖：首先要把人訓練成為沒有靈魂的奴才（古語謂）。
但能適合帝王的奴隸；其次，培養盲目崇拜的奴隸性
格；第三，說何鍵提倡買賣婚姻。末了，點明這種奴化教育
的反動性。這首詩，不僅僅抨擊何鍵個人，還揭露整個國
民黨反動派的政教在內。當時蔣介石就竭力反動

的「新生活運動」，即封建道德的「禮義廉耻」。這裏指出「先拜何大人，後拜孔阿丘」，正指出「後拜孔阿丘」的目的，主要是爲了要大家「先拜何大人」，即提倡封建道德，實際是爲了强化法西斯的統治。

這首民歌體的歌，語句長短不齊，短的是三個字，還有四個字、五個字、七個字，長的是九個字、十一個字、十三個字、十五個字。念起來很順口，聽起來很好懂，這是民歌體的特點。語句有長有短，是符合語言的自然的。我們平常説話，語句也是長短不齊的。舊體詩的一個缺點，就是在大會上朗誦起來，一定有不少人聽不懂。民歌體的歌，聽

起來容易懂，適於在會上朗誦。這首歌裏還用了方言，富有南方色彩。在藝術上運用諷刺手法，所舉四着都是諷刺，諷刺同反話結合，很有力量。象「正了風化」實是敗壞道德，「這樣好事」實是壞事，都是反話。

南京民謡(一)

大家去謁靈，强盗裝正經。静默十分鐘，各自想拳經。

〔一〕繫年：本篇最初發表於一九三一年十二月二十五日《十字街頭》半月刊第二期，未署名。

這首民謡體的歌可以跟《好東西歌》聯繫起來看。《好東西歌》裏講到廣州和南京兩方妥協了，各自召開了國民黨第四次代表大會。結果，蔣介石表示讓步，辭去國民政

的「新生活運動」，即封建道德的「禮義廉恥」。這裏指出「先拜何大人，後拜孔阿丘」，正指出「後拜孔阿丘」的目的，主要是為了要大家「先拜何大人」，即提倡封建道德，實際是為了強化法西斯的統治。

這首民歌體的歌，語句長短不齊，短的是三個字，還有四個字、五個字、七個字，長的是九個字、十一個字、十三個字、十五個字。念起來很順口，聽起來很好懂，這是民歌體的特點。語句有長有短，是符合語言的自然的。我們平常說話，語句也是長短不齊的。舊體詩的一個缺點，就是在大會上朗誦起來，一定有不少人聽不懂。民歌體的歌，聽起來容易懂，適於在會上朗誦。這首歌裏還用了方言，富有南方色彩。在藝術上運用諷刺手法，所舉四者都是諷刺，諷刺同反話結合，很有力量。象「正了風化」實是敗壞道德，「這樣好事」實是壞事，都是反話。

南京民謡〔三〕

大家去謁靈，強盜裝正經。静默十分鐘，各自想拳經。

〔二〕繫年：本篇最初發表於一九三一年十二月二十五日《十字街頭》半月刊第二期，未署名。

這首民謡體的歌可以跟《好東西歌》聯繫起來看。《好東西歌》裏講到廣州和南京兩方妥協了，各自召開了國民黨第四次代表大會。結果，蔣介石表示讓步，辭去國民政

府主席及兼職，由廣州方面的林森任主席，孫科任行政院長，汪精衛、蔣介石任國民黨中政委常委。於是大家去謁中山陵，假裝正經，在中山陵上靜默十分鐘表示紀念。按照當時習慣只是靜默三分鐘，這裏運用誇張手法，説成十分鐘，這正説明南京蔣介石派與兩廣派表面上表示對孫中山的悼念深切，但這是假的，是「强盜裝正經」。在這「靜默十分鐘」裏，不是悼念孫中山，是「各自想拳經」，各自想用哪一手來打倒對方。當時南京派和兩廣派雖然妥協了，雙方還是各自懷著鬼胎。廣州的國民政府雖然宣佈取消，但成立西南政務委員會和西南執行部，仍與南京政府處

於對立地位。蔣、汪、孫各有各的打算，互相争權奪利，想打倒對方。事後正如魯迅所説的，一九三二年初，汪推説有病到了上海，蔣回奉化，孫上臺後事事棘手，被迫下臺。蔣、汪聯合回南京，孫憤憤地離開南京，成爲蔣、汪與胡（漢民）、孫的對立。

「言詞争執」歌〔一〕

一中全會好忙碌，忽而討論誰賣國，粤方委員嘰哩咕，要將責任歸當局〔二〕。吴老頭子老益壯，放屁放屁來相嚷〔三〕，説道賣的另有人，不近不遠在場上。有的叫道對對對，有的吹了嗤嗤，嗤嗤一通不打緊，對對惱了皇太子〔四〕，一聲不響出「新

京」，會場旗色昏如死。許多要人夾屁追，恭迎聖駕請重回，大家快要一同「赴國難」，又拆臺基何苦來？香檳走氣大菜冷，莫使同志久相等，老頭自動不出席〔五〕，再没狐狸來作梗〔六〕。況且名利不雙全，那能推苦只嘗甜？賣就大家都賣不都不，否則一方面子太難堪。現在我們再去痛快淋漓喝幾巡，酒酣耳熱都開心，什麼事情就好説，這才能慰在天靈〔七〕。理論和實際，全都括括叫〔八〕，點點小龍頭，又上火車道。只差大柱石，似乎還在想火拼，展堂同志血壓高〔九〕，精衛先生糖尿病〔一〇〕，國難一時赴不成，雖然老吴已經受告警。這樣下去怎麼好，中華民國老是没頭腦，想受黨治也不能，小民恐怕要苦了。但

願治病統一都容易，只要將那「言詞争執」扔在茅廁裏，放屁放屁放狗屁，真真豈有之此理。

〔一〕繫年：本篇最初發表於一九三二年一月五日《十字街頭》旬刊第三期（《十字街頭》第一、二期是半月刊，第三期改旬刊），署名阿二。當時國民黨在南京的蔣介石和廣東的胡漢民、汪精衛等集團，都因利害衝突在進行各種勾心鬭角的争奪，在會場公開互相謾駡，報紙上稱這種現象爲「言詞争執」。

〔二〕粵方委員：屬於廣東方面的胡漢民和汪精衛等派系中人。　嘰哩咕：狀發言。　當局：指南京的蔣介石。

〔三〕吴老頭子：即吴敬恒（一八六六—一九五三），字稚暉，江蘇武進人，留日學生。當時任國民黨中央監察委員，國民政府委員，是蔣介石的得力幫凶。他發言時，經常説「放屁放屁，真真豈有此理」，他的發言，要替蔣介石開脱賣國罪行。

〔四〕皇太子：指孫科，是孫中山的兒子，字哲生，廣東中山人，留美學生。當時任國民黨中央常委、行政院院長，是國民黨廣州方面的頭目之一。

〔五〕老頭：指蔣介石（一八八六—一九七五），字中正，浙江奉化人。一九二七年發動反革命政變，篡奪了人民革命的勝利果實。九·一八事變後，在國民黨兩派的鬥爭中，被迫宣佈下野。

〔六〕狐狸：指蔣介石的幫凶吳稚暉。

〔七〕在天靈：指孫中山先生在天之靈。

〔八〕括括叫：上海方言，指挺好。

〔九〕展堂：胡漢民（一八七九—一九三六），字展堂，廣東番禺人。留日學生。當時任國民黨中央政治委員會常務委員、立法院院長，是國民黨廣州派反蔣頭目之一。他推說血壓高，拒絕去南京開會。

〔一〇〕精衛：汪兆銘（一八八三—一九四四），字精衛，廣東番禺人。留日學生。當時任國民黨中央政治委員會常務委員，是國民黨廣州方面反蔣派頭目之一。他推說患糖尿病，拒絕到南京開會，後成爲漢奸賣國賊。

這首歌可以跟《南京民謠》的説明聯繫起來看。那裏講到反動派由於分贓獲得妥協，南京、廣州代表會集南京，在十二月裏召開一中全會。會上，蔣介石派和西南派互相爭吵。廣州方面説南京方面賣國，吳稚暉代表南京方面叫「放屁放屁」，説「國内有賣國賊，此賊即在眼前」。粵方認爲是誹謗，孫科憤然赴滬。當時寧粵雙方協定由孫組統一政府，會上即派于佑任等去滬勸孫回京，又勸吴不要再隨便發言。孫科才點頭同意回來。當時孫希望蔣、汪、胡入京來支持他組閣，可是蔣辭職後離

京，汪、胡又推說有病不肯來。實際上，胡不願汪抓權，汪暗中同蔣派的宋子文相勾結，拆孫的臺，準備同蔣勾結，汪、蔣聯合上臺。這歌就這樣刻劃了反動派争權奪利的派系鬬争的醜態。

這首歌是用民歌體來叙事，有它的特色。它描寫兩派在會上的争吵，極爲生動。突出寫吴老頭子的「放屁放屁」，加上「對對對」和「嗤嗤嗤」，只用很少筆墨就把兩派争吵的醜態勾畫出來了。再重點寫皇太子，寫他一怒而去，又恭請回來，他的一去一來，也顯出這次的争吵醜態。寫老吴的「放屁放屁」，和結尾的「放屁放屁」相

呼應，這個結尾象畫龍點睛，點出所謂「治病統一都容易」完全是「放屁放屁放狗屁」。所謂「治病」是指「展堂同志血壓高，精衛先生糖尿病」，這種病主要是政治病，就是「只差大柱石，似乎還在想火拼」。爲了争權奪利，分贓不均而託病。這種病既不好治，「在想火拼」，自然談不上真正的「統一」，因此説「治病統一都容易」是放屁。那末把皇太子請回來，只能顯示出「賣就大家都賣」的無耻。這裏也暗示兩派推皇太子出來作個緩衝，只是暫時的，皇太子維持不了幾時，還得垮臺。參見上首《南京民謡》的説明。

兵
成城
大將軍
威風凛凛
處處有精神
挺胸肚開步行
說什麽自由平等
哨官督官是我本分

一九六一年九月二十三日《文匯報》上刊有沈瓞民《回憶魯迅早年在弘文學院的片斷》裏載有這首寶塔詩，說明是魯迅作的。從一九〇三年三月至一九〇四年春的一年裏，魯迅和沈瓞民都在日本東京弘文學院速成班學習日語，沈瓞民與魯迅並在同一個寢室裏。據沈瓞民回憶：「中國留學生很多，流品不齊，[illegible]革命的兩大陣營，壁壘森嚴。留學生中，[illegible]是一派；反[illegible]的革命志士，鼓吹革命，[illegible]一派。」魯迅「嫉惡如仇，對東京留學生中[illegible]，常加以白眼，或嗤之以鼻」。這首詩，就是魯迅諷刺保皇派學生的。

當時東京有一所成城學校，是中國留學生學習陸軍的預備學校。因爲是學習陸軍的預備學校，[illegible]

寶塔詩

兵，
成城，
大將軍，
威風凜凜，
[illegible]
[illegible]
[illegible]
[illegible]

一九六一年九月二十三日《文匯報》上[illegible]
《回憶魯迅早年在弘文學院的片斷》裏[illegible]寶塔詩。
講明是魯迅作品。從一九〇三年三月至一九〇四年春的

一年裏，魯迅時常與[illegible]在日本東京[illegible]
[illegible]日語，我就只與魯迅住在同一間寓室裏。魯迅和
我回憶：「中國留學生政治派別不齊。革命的派別只有革
命的兩大派別，壁壘森嚴。留學生中，搞革命的，[illegible]保
皇是一派。」又說的革命志士，搞以革命，[illegible]另一
派。」魯迅「[illegible]」，推東京留學生中保皇派的領袖。當
[illegible]以自題，後題[illegible]了」。這首詩，據是魯迅諷刺保皇派
學生的。

當時東京有一個成城學校，是中國留學生學習軍事
的陸軍學校。因爲是學習軍事的陸軍學校，要不是學習軍事

軍的士官學校，所以魯迅稱在那裏學習的留學生是「兵」。在成城學校，其實只是陸軍預備學校的學生，還不是陸軍士官學校的學生，就已經神氣活現，自命不凡，裝出一種派頭，裝作「大將軍」的樣子，這是諷刺他們的醜態。這種醜態，大概是帶有向革命派留學生示威的意味：顯出「威風凜凜」，「處處有精神」。做出挺胸凸肚，開步走，在走路時也做出在陸軍預備學校學的開步走的姿勢，表現給革命派的留學生看，反對革命派留學生說的「自由平等」，所以說「説什麽自由平等」。自以爲「哨官營官是我本分」。清代勇營編制，百人爲一哨，三哨爲一旗，五哨爲一營，「哨官」即留學回國後可以去當哨官，帶領一百個兵丁；可以去當營官，帶領五百個兵丁。這首詩，正是諷刺這些保皇派留學生的醜態的。這首詩，首尾呼應，照結尾説，這些留學生回國，頂多也不過當個哨官營官，但在開頭裝出的派頭，像個「大將軍」，這是多麽可笑。再作了形象描繪，「威風凜凜」，「挺胸肚開步行」。再寫出他們的靈魂深處，一腦子的封建思想，什麽叫「自由平等」的新思想都不知道，是反動透頂的。

進兮歌

進兮進兮偉丈夫！日居月諸浩遷徂〔二〕。曷弗大嘯上征途，努

力不爲天所奴〔一〕！瀝血奮鬭紅模糊，迅雷震首，我心驚栗乎？迷陽棘足，我行郤曲乎〔三〕？戰天而敗神不痡，意氣須學撒旦粗〔四〕！吁嗟乎！爾曹胡爲徬徨而踟躕？嗚呼！

〔一〕日居月諸：《詩·邶風·柏舟》：「日居月諸。」居、諸是助語，無義，指日月，也指光陰。

浩遷徂：指大流逝，即光陰大大地流走。徂，往，逝。

〔二〕曷：不，何。 征途：指遠行的路。

〔三〕迷陽：《莊子·人間世》：「迷陽迷陽，無傷吾行。吾行郤曲，無傷吾足。」迷陽，棘刺，有刺的植物。

棘足：指刺足。棘，刺。 郤曲：退而曲折，不敢筆直走。

〔四〕痡：病。 撒旦：爲基督教用語，指魔鬼。

一九八一年九月十七日《文學報》上，刊有欽鴻、聞彬

《〈地底旅行〉中的一首舊詩》，説：「這首詩，見於魯迅所譯法國凡爾納的科幻小説《地底旅行》第六回末，原本無題，姑命之爲《進兮歌》。」「一九三四年五月六日，魯迅致楊霽雲同志的信中，又稱此書『雖説譯，其實乃是改作』。」「查核一九三〇年巴黎阿歇特出版社刊行的凡爾納法文原版本，並且參考楊憲益、聞時清同志根據該本翻譯的中譯本《地心游記》（一九五九年二月中國青年出版社出版）」，「原書絶無一行詩句，而魯迅譯本卻在第六回末出現了上引的這首《進兮歌》。這當是魯迅早年的一首創作詩，值得我們高度重視和認真研究。在魯迅譯本裏，《進兮歌》

是探險家列曼的助手亞蘿士在航海時所唱，表現了一種萬難無阻、一往無前的豪情壯志。而原書中的此刻，亞蘿士只是走到木筏的前部眺望大海，並未表現出熾烈的激情，當然也没有引吭高歌。我們認爲這是魯迅在譯演的過程中，有意識地增加上去的」。

這首《進兮歌》，見於《地底旅行》中。《月界旅行》和《地底旅行》兩個譯本，都是魯迅於一九〇三年在東京弘文學院學習日語時譯的。是從井上勤日譯本轉譯的。魯迅在一九〇二年四月入弘文學院學習日語。四月二十六日，章太炎、秦力山等人在東京發起召開「中夏亡國二百四十二年紀念會」，遭日本警察干涉，没有開成。孫中山先生趕來，同他們到横濱開會，章太炎先生發表了《中夏亡國二百四十年紀念會書》，宣揚愛國主義精神。魯迅受到這種愛國主義精神的刺激，到一九〇三年春天，剪去辮子，拍了小照，寫了《自題小像》「我以我血薦軒轅」，表達了爲革命獻身的精神。這首《進兮歌》，正是在這個時期寫的。

「進兮進兮偉丈夫！日居月諸浩遷徂。」在光陰的大流逝中，大丈夫應該前進前進！前進正指爲舊民主革命而鬭爭。「曷弗大嘯上征途，努力不爲天所奴！」何不大呼走

上遠行的路，努力不做天的奴才。當時清朝的臣子，對清朝自稱「奴才」。那些保皇派的留學生，將來回國，也要做清朝的奴才。革命派的留學生，將來回去要參加革命，不做清朝的奴才。要參加革命，就要抱著「我以我血薦軒轅」的精神，所以要「瀝血奮鬬」。「紅模糊」，即血肉模糊，即獻身。革命的道路是艱險的，可能要碰到霹靂打在頭上，我心震驚發抖嗎？像路上到處有荆棘刺足，我的走路要倒退曲折嗎？回答的是不害怕，要前進，不倒退。正因爲革命鬬爭的困難，假定跟清朝鬬爭一時失敗了，精神還是昂揚的，不是萎靡不振的，不會病倒的。這樣的意氣飛揚，須要學習魔鬼的粗豪。魔鬼敢於和上帝鬬爭，正表現出革命者敢於和反動統治者鬬爭的精神。不過結合當時的情況來看，革命派光復會的章太炎在上海被捕，囚禁在上海租界的巡捕房裏。著作《革命軍》的革命者鄒容也被囚禁在巡捕房裏，且就死在囚禁中。這種殘酷的現實，不免使有些人對革命感到彷徨而踟躕，不敢走上革命的路，這是可以感歎的：「嗚呼！」

這首詩有含蓄的寫法，如「天所奴」，用「天」指清朝，説明清朝是當時的統治者，用「奴」指清朝以臣民爲奴才。如「紅模糊」，紅指血。這可以印證《無題》（「洞庭木落楚

天高」）的「眉黛猩紅涴戰袍」的「眉黛猩紅」，指婦女的鮮血。這首詩又用疑問的口氣來表達相反的感情，如「我心驚栗乎」、「我行卻曲乎」，只有疑問，沒有回答。實際上是從疑問中表達出「不驚栗」、「不卻曲」，感情是强烈的。這首詩也用了西洋典故，即「撒旦」。

魯迅詩歌注卷五終